통방산 오두막 소식

날 사랑하여요

통방산 오두막 소식

날 사랑하여요

글·사진 정곡스님

정

종이거울

책 머리에

1
젖 떼어 팔려온
강아지의 울음
들어본 적이 있습니다.

나 여기 홀로 남겨져 있다고
주저앉아 꺼이꺼이 울어
목이 쉬어가는 소리

처음 내어놓는 글의
자서自序를 쓰려 하니
어린 강아지 검은 눈동자가 자꾸 떠오르고
강아지 울음이 들리는 까닭은 무엇인가요.

이 책의 제목을
그때 보았던 강아지의
처절한 외침에서 뽑았습니다.

"이제부터 난 (꺼 이)
내가 날 사랑하여야 한다. (꺼 이)
그러니 (꺼 이)
내가 날 사랑하여요. (꺼이)
……
'날 사랑하여요.' (뚝)"

울음은 못 그쳐도 명품 강아지는
받은 정情
평생을 품어 산다 하데요.

2
사람은
호기심도 많고
욕심도 많고
능력도 참으로 많습니다.

현대는
그 참을 수 없는 호기심과 욕심
그리고 능력으로
역사 속에서 가장 발전된
문명과 문화를 만들어

손안에 쥐고 사는 그런 시대가 되었네요.

수많은 앱이 쏟아지는 것을 보면
사람의 호기심과 능력은 참 굉장하구나 생각됩니다.

그러나 우리들의 자화상은
문명과 문화를 한껏 누리고 있기는 하지만
노예가 되어 있는 측면도 있고
중독이 되어 헤어나지 못하기도 한다지요.

호기심은 욕심을 낳고
욕심은 큰 능력을 낳기도 하지만
호기심과 욕심은 큰 고통에 빠지게 하는
늪이 되기도 합니다.

이러한 때 통방산주는 이 책
"통방산 오두막 소식—날 사랑하여요"를 내어 놓아
밖으로 향하던 마음
재삼再三 나에게로 귀의歸依하려 조용히 읊조려 봅니다.

다시 말하면 자신을 살펴
찬란한 문명 문화 속에서 주인공이 되어
좀 더 멋진 삶 살아보려 합니다.

사람의 한없는 호기심은
미지로의 끝없는 여행을 하게 합니다.

그래서 우주선뿐 아니라
우주 호텔도 건설 중이라고 합니다.
우주로의 여행!
멋지겠지요.

그러나 진정
우주도
나 자신으로 부터임을 잘 알았으면
더 좋겠습니다.

2012년 2월
오등선원五燈禪院에서

차례

날 바라보기

봄에서 여름으로

여름에서 가을로

가을에서 겨울로

다시, 겨울에서 봄으로

날 바라보기

받으세요

받으세요.

느끼세요.

나누세요. 🔲

날 바라보기

댓글 쟁담爭談 보았기에
한 말씀 첨부합니다.
말이나 글은 의견을 전달하는 매체로
습관과 지역, 이해력에 따라 오해가 있을 수 있습니다.

또한 말과 글은 생각 따라 나오는 것인데
생각은 본시 완전하지 못해 바뀔 수 있는 것
왔다가 가는 떠돌이 손님

손님만 있고 살펴보는 주인 없으면
손님이 주인 노릇 하고 말아요.
생각은 보고 듣고 느낌에서 살아나지만
대상은 늘 변하는 존재이기에
생각 또한 부정확한 것인데
더러 생각에 대한 집착과 착각 속에 살아요.

그러니, 대상이 아닌 나로 돌아가
내가 날 바라보기 해야 합니다.

생각하나 청淸 거두어
본래本來 '나' 살펴보면
눈 밝아질 것 믿습니다.

선과 악이 한집에서 나오고
옳고 그름 또한 한 핏줄임을 알아
시비 분별은 한 호흡에 거두고

살아있고 힘 있거든
도공이 흙을 다루듯
자신을 던져 치고
자신을 매만지소서. 🈁

인연

보냄과 만남의 연속인지라
그가 내게 주는 것은 예전에 내가 준 것이요
내가 지금 주는 것은 미래에 내가 받을 것이니
이왕이면 좋은 맘 품어 주시라. 琴

무엇을 찾고 무엇을 버릴까

참 나, 거짓 나,
말 앞세우지 마라.

한마디 말에 천길 벼랑 있나니

다만 없는 껍질 벗고
물들 것 없음을 보라.

좀 더 중심에

사람의 마음

나도 몰래 이리저리
왔다 갔다 한다.

발가락이 가려우면
손은 발가락을 긁적긁적

부르는 소리 들으면
나도 모르게 대답을 하고

공격을 받았다 싶으면
생각도 없이 바로 반격을 하고

칭찬이라도 받으면
마음은 붕붕 떠올라 세상을 얕보고

우리는 이렇게 떠있고 흔들린다.
이런 내가 정녕 나란 말인가?

좀 더 중심에 있으면 좋겠다!

목수가 나무를 다듬듯

목수가 나무를 다듬듯
불자佛子는 자신을 다듬는다.

다듬는다는 것은
자르고 쪼개내어
매끄럽게 하는 일이다.

목수에게 온 나무
아픔을 겪어야
그 자리 설 수 있듯

불자 되려면
해치는 마음은 자르고
욕망은 쪼개내며
바라밀행 매끄럽게 해야 한다. 寒

나의 참 얼굴

경험을 살피면
길 안내서 거기 있죠.
내 마음을 보는 것이 가장 큰 공부요.
나의 행동 다듬는 것은 가장 멋진 작품입니다.
가까운 사람이 나에게 대함이
나의 참 얼굴이 아닐까요.

만족 못하시면 수행합시다.
달리 방법이 없어요.
부처님도 예수님도
나의 인생 대신할 수는 없으니까요.
내가 나를 한없이 사랑해야 하여요.

불佛같은 장작불 바라보며

오두막엔 불을 때야 집이 살아나요.
불을 땔 때마다 불타는 소리 듣습니다.
아궁이 앞에 있으면 잡념이 사라짐을 느껴요.

오늘은 시골에서 자라던 어린시절 추억에 젖어 듭니다.

밤, 고구마, 콩대 구워 먹던 추억
쇠죽 끓이느라고 제기차기 숨바꼭질 못해
가슴이 쿵쾅거리는 코흘리개 어린아이가
어른 일도 거뜬히 해내던 추억.

땔감이 부족하던 그 시절은
콩깍지나 고춧대는 물론 짚단도 때고
때로는 왕겨(벼껍질)도 땔감으로 이용하였지요.
그러나 그 왕겨는 잘 타지 않아 애를 먹었어요.
이때, 풍구라고 하는 모양도 아주 멋지고
돌리면 바람이 일어나는 재미있는 물건이 있었어요.
풍구를 돌리면 돌리는 만큼
빨갛게 일어나던 아름다운 불.

헌데 이 '불' 이란 글자가 재미있습니다.

'부처님불' 佛자와 '장작불' 과 이의異意동음同音인 이 '불' 은
모든 것이 타 없어지는 모양이 마치 부처님이 느끼신
무상과 상통相通하여 '불' 이라 이름 했던 것은 아닌지.

한자를 사용하면 불을 화火라 해야 할 것을
한글에서의 화는 성질내는 것을 의미하며
이 화는 불처럼 일어나 재앙이 따르기에 화禍라 하나 봅니다.

불같은 화禍 피우지 말자 새겨보고
불佛같은 장작불 바라보며 한 말씀 남깁니다.

화가 날 때에는
무상실상無常實相 바로 보아
불심佛心을 얻으소서. 🈸

좋은 샘물은

좋은 샘의 물은
온도가 한결같다.

여름날은 시원하고
겨울날엔 따뜻하다.

임 또한
더위에 끓지 않고
추위에 얼지 않았다.

우리도
욕망 앞에 서늘하고
시련 앞에 따뜻함
잃지 않았으면 좋겠다. 🈺

무엇을 구하랴

소꿉장난 하듯
밥 해먹고,
나무 들이고 물 길어
솥 채우고 불땔 때 숨소리 챙겨본다.

무엇에서 벗어나고
다시 무엇을 구하랴.
그저
산 능선 넘는 바람소리 즐겨 듣는다.

봄날 아침

통방산엔 법회가 진행중입니다.
천상의 음악인양 새들 노래 들리고
태양은 큰 광명을 놓아
문살 문 환히 밝았습니다.

문 닫고 앉은 허물
새들은 알고 있는지
어서 나오라
문 쪼아대내요.

어둠의 잔물결 날아오른다

알 수 없는 짐승이 고음으로
삑 삑 거립니다.

꿩 홰치는 소리가 이쪽저쪽에서 들려옵니다.
잠을 자다 깨어나 듣는 소리입니다.

무엇이 있어 이렇게 깨어 듣고 보는 것인가?
다시 묻는 물음에 고요함은 성성함으로.

어둠은 날개를 푸득거리고
오리 한 쌍이 꿱꿱거리며 연못 주변 돌아내린다.

어둠의 잔물결 날아오른다.
알 수 없는 새들 옹알거린다.

한 없이 평화로운 듯 싶지만 긴장 늦출 수 없다.
냉엄하게 먹고 먹히는 사슬의 현장이다.
정신 흐릿하면 바로 죽음만 있다.

때문에 산중은 공부 터이다. 🪷

등燈

법등 하나 만들어서
거리마다 마음마다 달아봅시다.

등을 만들겠다고 생각한 것처럼
원만한 참 인격을 만들겠다는 생각 세우시고

살로 골격을 세우듯이
사원四願을 세워야 합니다.

종이를 발라 바람을 막듯
삼오계三五戒 잘 지켜서 바람을 막아야 합니다.

한잎 한잎 꽃잎 붙여 연꽃 이루듯이
시간시간 정밀하게 정진하며

초도 심지가 있어 불송이 전해 받듯
이내 맘 심지 살려 불꽃 하나 받아 지녀

등 안에 불을 밝혀 어둠을 비워내듯
마음에 법을 밝혀 삼독심을 비웁니다.

달아 온 등불 따라 여기에 이르렀으니
감사한 마음으로 등을 달아 이어줘야 하겠지요. 🏮

작은 등

어둠 속에서
빛을 발하던 작은 등
큰 빛 앞에서는 그림자 남는다.

빗소리에 잠이 깨고

밤새 비가 내렸습니다.
자다가도
몇 차례 굵어지는 빗소리에
잠이 깨고

산중의 밤비 소리는
장막을 두르고
다시 열릴
새 무대 준비하는 듯
마음에 무언가 던져 줍니다.

비의 역할 무엇인가?
죽은 것은 씻어 보내고
산 것은 풋풋하게 한다. 🦌

세운 돌

구르는 돌
세워 놓으니
마음 멈추게 한다.

저 돌
세워 놓을 때
집중하던 마음처럼
정신 차려!
정성 들이면
오늘이 분명
명작의 날 되겠지요.

산중 바위 물속 바위

산중 바위는 틀고 앉아 새소리 듣고
물속 바위는 물고기 입맞춤 받는다.

산중 도반은 옷 입혀주고
물속 도반은 뼈 깎는 경책 한다.

산중 바위는 태고의 모습 그대로요
물속 바위는 매끄럽고 부드럽다. 🈯

통방산(生)여!

눈을 갖고도
선행을 보지 못하고

입을 갖고도
칭찬에 야박한 이여

따뜻한 방에 잠을 자고도
따뜻한 맘 품을 줄 모르고

맛있는 밥 먹고도
감사함 나눌 줄 모르니

행복 어디에 있으랴.

집을 짓습니다

마음집을 지어 봅시다.

선禪으로써 터를 닦고
원력願力으로 기둥 세워

계戒로써 벽을 쌓고
덕德으로써 지붕 이어

동서남북 문을 달아
열고 닫고 하여볼 제

동東방으로 문을 열어
지혜광명 받아들고

남南방으로 문을 열어
훈훈한 덕 함께 받아

서西방의 문을 열어
불전에 향 사르고

북방의 문을 열어

열반락을 즐기울 제

자慈심으로 방을 덥혀

중생의 맘 녹여보리!

정신 차려

"차렷! 열중쉬어!" 에서
'차렷' 은 두 발로 땅을 딛고 똑바로 서서
한 생각도 움직임이 없어야 합니다.

수행자의 두 발은 지혜와 복덕이지요.
'정신차려' 라 함은
참 지혜와 복덕의 안목으로
스텐바이!

복 있고 지혜롭게
보고 듣고 생각하고 행동함을 말함입니다. 🈂

냉과 온의 쓰임

금방 다쳐서 피가 뭉쳤을 때는 차가운 물이 좋습니다.
옛 어른들은 찬물로 씻기고 찬물을 먹였던 기억이 있거든요
삐끗 하거나 멍이 들었을 때를 말함이에요.
하지만 그 상처도 한 이틀 지나고 나면 따뜻한 찜질이 좋지요.

마음도 마찬가지입니다.
방금 받은 상처로 힘들 때는 오히려 제삼자의 냉정함이 필요하구요
시간이 지나 회복의 기미가 있을 때는 따뜻한 용기를 주어야 합니다. 🌸

인생

인생!
아무리 힘겨워도
아무리 즐거워도
알알이 맺힌 아침 이슬입니다.

황금소의 걸음

주인공 되신 이는
걸음걸음 아름답다.

흉내 내어 사는 것과
주인이 되어 사는 것은
차이가 크다.

진짜를 찾아야
진정한 주인이 된다.

부드러움과 강함을
겸비하고
때를 기다릴 줄도
알아야 하며
순간을 놓쳐서는
안 된다.

황금소의 걸음처럼
보물을 품은 듯이
해피하게 걸어보자. 🀥

과거 미래 현재

과거는 추억이 있고
미래는 희망이 있고
현재는 충실할 뿐이다. 涁

안타까움

이 산중에 생뚱맞은 색깔의 건물
일명 '재활용 법당' 입니다.

아파트 모델하우스에 쓰였던 베란다 창틀과 문짝
베니어합판 등을 이용하여 지었기 때문에
붙여진 이름입니다.

그런 사연이 있어 할 말도 있답니다.

헐어 버리는 건축자재도 재활용하면
진리를 전하는 전당도 지을 수 있듯
잘못된 마음도 재활용 잘하면 성현을 이룬다.

하지만 생뚱맞은 이 건물 때문인지
절이라고 찾아 오셨다가 주인은 볼 이유도 없다는 듯이
차를 돌려 나가는 것을 보면 안타까울 때가 많답니다. 卍

상처

나무는 상처를 입으면
평생을 지니고 산다.

상처를 치유해 잘 살려고 하나
습기에 약해 그곳이 결국 썩고 만다.

나[我]가 강한 사람도
그와 같을 것이지만

우리의 자성은!

무아無我라 하셨다.
상처받을 내가 없다는 말씀이시다. 🈁

내공

기대하는 크기만큼
기쁨과 안타까움이
함께하는 법이지요.

성공과 좌절
그런 것을 다 삼켜
소화시켜 나가는 것이
내공의 힘이지요.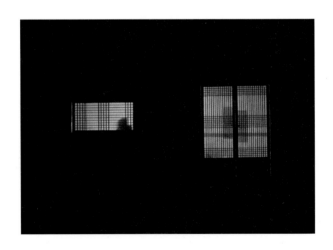

뿌리내리는 일

묘목을 옮기거나
모종을 옮기는 일은
시기를 잘 맞추어야 합니다.

큰 나무를 옮기는 일은
시기를 맞추어 하더라도
뿌리가 다치게 마련이지요.
뿌리를 다친 만큼
가지도 잘라내어야 삽니다.

옮기고 뿌리 내리는 일이
어찌 묘목에게만
힘든 일이겠습니까? 🌼

완성자

이리 보고
저리 보아도
이 조화로움은
손댈 곳이 없어라.

색이면 색
모양이면 모양
사는 모습 그대로
완성자입니다.

모르는 이 있나요

온 사람은 가고
태어난 자는 죽고
생각은 잊어지고
감정은 사라지는 법
모르는 이 있나요?

그러나 안다 해도
슬프고 두렵고 힘겹고
고통은 따르지요.

그러기에
주인공을 보래요.
온 바도 없고 태어남도 없고
생각이 일어나기 전,
감정이 사라진 이 자리를! 🔲

봅니다

아침엔 꽃을 보고
낮에는 개미를 보며
저녁이면 그림자를 보고
지금은 나를 봅니다. 🌸

착각 속에서

안개만 끼어도 앞산 보이지 않고
어둠 내리면 나무도 분간이 안 됩니다.
무엇을 얼마나 보고 얼마나 들었다고
고집하리까?

보고도 못 보고
못 보고도 본 듯이
우리는 얼마나 많은 착각 속에
살고 있는지 모릅니다.

(똥)고집만 내려놓을 줄 알아도
환한 세상 아닐까요? 卍

무수화 無數花

통방산중에는 황벽나무가 있고
황벽나무 아래에 수 많은 꽃이 피네.
모양은 모양대로 색은 색대로 피어날 때
희고 붉은 시시비비 청풍이 씻어간다.

通方山中 黃檗樹
黃檗樹下 無數花
形形色色 開華時
紅白是非 淸風拂 🔳

불을 잘 다루어야 명인이 되듯

대장장이는 쇠를 다듬고
도공은 흙을 매만지고
요리사는 음식을 만든다.

세 분야가 각기 달라도
불을 잘 다루어야
명인이 되듯

사람은 어떤 일을 하든
언제 어디서나
남녀노소 불문하고

마음을 잘 써야
당당해지고
행복의 문 열린다. 🈺

하나 둘 셋

마음 답답하거나
일이 안 풀리거나
생각 많아지면

하나 둘 셋 넷 다섯
하나 둘 셋 넷 다섯

세어 보고 또 세어 보세요.
숨소리 들릴 때까지. 🏠

때문일리다

새의 노래가 아름다운 것은
아득한 하늘 맘 전해옴이요

꽃이 형형색색 아름다운 것은
땅속의 어둠을 먹었기 때문일리다.

바람이여 걸림없이 시원한 것은
실체가 없음을 알았음이요

물이 목마른 이 시원케 하는 것은
자정능력 살아있기 때문일리다. 🏵

본래 성품

달이 같은 길
돌고 돌아도
허공에는 자국
남지 않듯이

우리의 본래 성품
허공과 같으니

수만 경계 오고 가나
본래청정 그 모습
태산처럼 부동하여라. 🪷

시간

시간을 꽃처럼….

문

종이문과
유리문의 차이를 보았습니다.

차단된 듯하지만
통하는 종이문

잘 보이지만
차단된 유리문

종이문은
안과 밖을 모르는 듯하나
알고

유리문은
훤히 보여 다 아는 듯하나
알 수가 없습니다.

혹, 우리는 유리문으로
맘 닫고 있는 것
아닐까요. 🀫

연결된 은혜

요구르트 통입니다.
성분은 우유와 딸기가
들어 있는 제품입니다.

이 아침식사는 많은 사람의
공력이 들어 있네요.

목장과 농장에서의 땀
공장에서 만들어진 통은
디자이너의 손길과 인쇄
거슬러 올라보면
세종대왕의 고뇌까지
엿보입니다.

국산과 중국산이 반반이라 하고
고속도로를 지나
바다도 건넜으니
얼마나 많은 사람들과
연결되었는지 모릅니다.

사람의 손길은 그렇다 치고
자연의 은혜는 또 어떠리까. 🈯

탑

가치를 알고
알맞게 써주는 능력

그것이
탑을 이룬다.

오후 다섯 시

노을과 바다

엔진소리 정지된
커다란 배

소금기 머금은
얼굴 스치는 바람

타지에서 느끼는
인연의 무게

인생도
계절도
시간도

오후 다섯 시. 펑

고집과 분별

낮은 곳으로
흐르는 물도
고집이 있어
웅덩이에 갇히고

옳고 그릇됨에
분별이 강하면
바람처럼
풍파를 일으킨다.

바라보되
봄볕처럼 따스하고

흐르되
시계의 바늘처럼
현재를 가리키라.

무극無極

꽃을 피우려면
뿌리를 내려야 하고

하늘을 날으려면
날개를 얻어야 한다.

어떤 것이 뿌리이고
어떤 것이 날개인가.

이치를 파고들어
무극을 통과하여
뿌리를 내리고

시비를 훌쩍 넘어
이 자리 바로 오면
날개 얻었다 하리. 🔆

알아차림

알아차림 알아차림 알아차림 나눠볼라~

우주공간 하늘아래 오직 참나 주인공아
무지에서 깨어나고 앎에서도 벗어나세.
행복한삶 살으려면 자신감을 얻어야죠.
주인공을 바로보아 당당하게 살아봐요.

희노애락 애타지만 눈을 뜨고 나와 보면
감정속에 빠진 것 알아차림 중요하네!
생각감정 한때이고 사상도 변하느니
집착없는 한마음에 무궁황화 피워볼라.

알아차림 중요하여 어찌하면 된단말가.
주인공을 불러내어 대답또한 하여보오.
주인공아 네! 주인공아 네!
대답한놈 그놈이요, 부른놈이 그놈이라.

어떻게 생겼는가 살펴보고 살펴보니
시공도 초월하여 부름따라 나타나나
거두어 잡으려면 번뇌또한 사라지어
거지가 되었다네, 참거지가 되었다네.

행불행이 마음이듯 생과사도 마음이라
내생각이 중요하듯 남의생각 존중하라.
인생무상 느끼거던 생사넘는 법을익혀
호호탕탕 주인되어 알아차림 나눠볼라.

꽃은 모릅니다

꽃은 고개를 돌려 봐줄 줄 모릅니다.
오직 임을 향한 정진밖에 모릅니다. 🌸

오늘 오늘 오늘

정곡사 오두막 마당에도 등을 내어 걸려고
거사님들과 보살님들이 올라오셨습니다.
부처님 오신 날 행사가 얼마 남지 않은 까닭이지요.

통방산의 풀과 나무는 꽃을 피워 봉축하고
오월의 바람은 나뭇잎을 일렁여 부촉하고
망명당 청남색 새의 노래는 벽계를 맑히오니

오라! 오월의 오늘, 산과 들이여 일어나 춤을 추자.
사랑하는 불자들아 꽃등 물결로 춤을 추자.
참으로 귀한 인연 존귀하신 님들이여 벗들이여
부처님 말씀으로 오늘 오늘 오늘! 춤을 춥시다. 卍

밤 달 걸음 자꾸 늦다

하늘엔 탈속한 구름이요
물속엔 황금잉어입니다.

따로 따로 자기 세계
살아가고 흘러가고

어라 좋다 호시절
절절히 울어대는 풀벌레여

바람이며 햇볕도 좋을시고
오곡 과일 익어가니

보배 마음 바로보라
밤 달 걸음 자꾸 늦다. 🈁

봄에서 여름으로

약동하는 봄

봄맞이가 한창인
이끼를 봅니다.

약동하는
'봄' 이라더니

끼리끼리 모여 노는
이끼 동산만큼

약동하는 봄 마당
보기 쉽지 않겠습니다.

옷 색깔 갖춰 입고
즐거이 합창하는
모습 모습들

그 속에서 한참
춤을 춰 보네요. 🏵

봄볕 즐기시려거든

봄볕 즐기시려거든
열어놓은 장항아리 된장처럼 하소서.

봄볕 즐기시려거든
진달래 꽃잎 속 꽃술처럼 하소서.

봄볕 즐기시려거든
높은 하늘 매 날개짓 하듯 하소서.

봄볕 즐기시려거든
웅덩이 속 개구리 알 꿈틀대듯 하소서.

바람은 봄길 쓸어

새로이 볼 것 없고
일어난 생각 없어
텅 빈 고요 속에
영령靈靈한 신선함이여

통방보궁 오솔길
한발 한발 걸어 봅니다.
바람은 봄길 쓸어
질던 땅 뽀송해지고

통방通方 벽계襞溪는
설산의 소식
남녘의 소식
이야기 풀어낼 제

망명당 걸터앉아
눈이야 뜨든 감든
바람은 봄길 쓸어
봄맞이 서두릅니다. 🔲

난 당신을 모릅니다

복수초여!
이제 당신 만났네요.
스치기야 했겠지만 그저 그냥 지나쳐서
난 당신을 몰랐어요.

말감을 만들려고 사진기 들이대어
예의없이 고운 얼굴 담아 미안해요.

조심한다 하였지만 임의 가족 밟았을지 모르구요.
긴긴 겨울 참아내고 며칠 기회 겨우 얻어 꽃단장 하였는데
임의 임 오시는 길 방해한 죄 또 있네요.

난 당신을 모릅니다.
큰 나무(욕심) 그늘에서 어여쁜 모습으로 살 수 있는 지혜
뿌리 있어 나오시나, 경험 있어 나오시나?

난 당신을 모릅니다.
모두들 졸고 있는데 홀로 깨어
눈 녹이고 잎 내밀어 꽃 피운 복수초여!
당체즉시當體卽是 당신의 뜻 모릅니다.

여름날 머리 위서 햇볕 차지 경쟁할 때
자리 슬쩍 내어준 뜻, 난 아직 알지 못합니다.

어쨌길래 남녀노소 빈부귀천 상관없이
임의 모습 보면 가던 길도 멈춰 서서
어여쁘다 한마디 말을 할까?

모르고 또 몰라도
미소와 향기로써 온갖 마음 쉬게 하는
임의 매력에 귀의합니다.

한마디 말없이 온몸으로 꽃잎되어 나투시고
한걸음 옮김없이 향기로써 피워내네.

그 삶이 거룩하여 당호堂號가 설연雪蓮이요.
복을 많이 지으시니 복수福壽초라 이름하네.

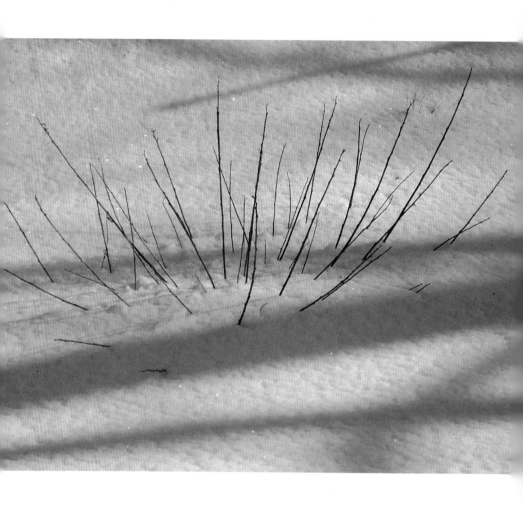

봄눈 내린 날 아침

아침은
해가 방에 들어와
아주 조금씩 자리를 옮긴다.

문 열었지만
눈 맞추기엔
너무나 빛이 곱다.

잔가지 사이에도
오두막 추녀 끝에도
방울방울 그가 이미 들어 있다.

고운님 눈빛같아
눈 떠 보기 아까운
찬란한 빛살이여. 🔲

불이천不離天

파란 하늘 속에 살면서
얼마나 파란 허공 맘
느끼며 살고 있나요.

문득 이 푸른 하늘을
함께 느끼고 싶어서
사진을 올립니다.

아래의 선구禪句가 좋아
소개하오니 음미하여 보시지요.

水流元入海 月落不離天
수류원입해 월락불이천

물은 흘러흘러 바다로 감을 원하나
달은 떨어져도 하늘을 여의지 않는다. 🈁

진달래

햇살 좋은
언덕 아래

다리 꺾고
뿌리깊이 내리더니

말문을
단속하고

세상 애기 듣던
귀마저 닫고서

햇살 받고 별빛 받아
고운 몸 이루고

봄 여름 가을 겨울
쉬지 않고 정진하여

고운 꿈 이뤘는지
수염 열둘 내밀었네. 🎋

어미가 움직이고 있어요

산속의 날씨는 예측하기 어렵네요.
며칠째 날씨가 푹하여 두껍던 얼음을 다 녹이더니
오후부터 쌀쌀해진 날씨에 얼음이 꽁꽁 얼어
그 연못속에 걸어 들어가도 깨지지 않을 정도네요.

개구리 알은 어찌 되었을까 궁금해서 내려가 보았더니 알들도 꽁꽁 얼어있네요.
헌데 그 속에 있는 까만 알 핵은 얼지 않은 것처럼 보이거든요.
신기합니다.

아!
그 바닥에서는 어미가 움직이고 있어요.
마치 움직여서 흔들려고 하는 듯.

개구리의 삶도 가까이서 본다면
신비롭고 경이로움 있습니다.
개구리가 짝을 부르는 소리를 하고
그 소리 듣고 모이는 것을 보면
보고 듣고 말할 줄 안다는 이야기이고

물속에서도 살고 물 밖에서도 살고,
추위를 피하여 땅속에 숨을 줄도 알고,
때가 되면 잽싸게 나와 알을 낳을 줄도 압니다.

오늘 본 장면은
얼음 속 알 무더기 밑에서 어미가 슬슬 움직여 주어
알 무더기가 움직여 얼지 않도록 도와주는 것 같네요.

사랑할 때 이렇게 지혜와 자비심이 일어나겠지요. 🅰

방해해서 미안해요

어제 오후 햇살 좋고 바람 없어
개구리에겐 아주 중요한 시간이었나 봅니다.

왁자지껄 재미있어 바위 끝에서 보고 듣다가
좀 더 가까이에서 보고 싶은 마음에 웅덩이로 내려갔지요.

개구리들은
총 칼 메고 찾아오는 적군에 놀란 노약자처럼
숨어버렸습니다.

숨죽이고 기다려도
두 눈알만 살짝 내놓았다가
물속으로 도로 들어가 버리네요.

해칠 마음 없다 해도
끈기 있게 기다려도
믿어주지 않았어요.
친해지고 싶은 마음 전하고 싶었지만
손님이 오셔서 올라오구 말았습니다.

오늘 아침에야 나의 그 집착이
그들의 소중한 시간을 방해했다는 생각이 드는군요. 🪷

벽계의 돌단풍

벽계檗溪의 돌단풍
전통을 여의지 않아
흰 꽃잎 그대로요

정신차려
물소리 알아들어
선명함 이루었고

속진을
모두 벗어
순백으로 밝았어라.

꽃 피고 짐이 분명하여
영원치 않음을
영원히 전해간다.

눈물로 파란 싹에 보태더라

달래는 희망으로 새촉을 내밀고요
동장군 샘이 나서 흰 눈 되어 덮었나.

법풍 일어 구름 밀고 해 얼굴 씻어주니
하늘땅이 드러났네.

달래야 눈이야 큰 빛 함께 받으니
눈물로 녹아지어 파란 싹에 보태더라. 🎵

한 몫 하셨습니다

한 송이 꽃을
꽃이 되게 하고자
바람은 얼마나 차가웠고
햇살은 얼마나 따뜻하였나.

무심히 떠가는 구름도
우짖는 새들도
세월아! 부르며
구르는 물줄기도

모두 한 몫 하셨습니다.

독경소리 없이도

비 내리는 소리
개구리 소리에
잠이 들고

아침 포행 나섰더니
계곡엔 물소리 가득하고
새 소리 곱게 울리울제

운무雲霧는
독경소리 없이도
검은 때 씻어 벗고
극락세계 오르나 보다.

꽃잎마다 이슬
방울방울 달아 놨네.

철난 어린 딸처럼

사극에서 보았을
가난한 선비집 이쁜 딸
고운 옷 입혀 시집보낼 때

탐관오리
둘째 부인이 되어야 하는
철난 어린 딸처럼

풀죽은 듯이
목 늘어트리고 있는 꽃
이름은 윤판나물이랍니다.

가난한 아비 밥상에
나물 한 접시 되고 싶어
윤판관 집으로 시집을
왔다나 말았다나…ㅋ 🔖

붓꽃

꽃 바라보다
저 꽃을 꺾어 잡으면
꽃 붓이 되겠는데
명언 명구 적어볼까
산수화나 그려볼까
그리움 피우다가
임들께 드립니다.

올챙이 고물거리는데

날씨 비오고 맑아짐.

하늘은 이른 가을, 흰 구름 산 능선 넘고
실개천 물소리는 여름, 철철 흐르고
산의 나무들은 초봄, 물감 섞어 개나보다.
가끔 물감 뚝뚝 떨어져 있다.

올챙이 고물거리는데
아침에 오리 한 쌍 머물다 갔다.
저들의 삶에 관여하지 말자.

이쪽 편을 들자니 저쪽 편의 적이 될 터
욕심을 여의어야 법이라 했나?

누가 만일 물어 온다면
인과가 분명하니
살생하지 말라 하리.

운무가 춤을 추며 넘는 시간 길더니
산 청청 물 청청 하늘 청청. 🏵

새

집 짓는 기술 보면 대단하다.

처음에는 거칠고 단단하지만 가벼운 것을 골라 틀을 만들고
그 다음엔 중간쯤이라 할 수 있는 이끼 등을 가져다 보온을 하고
속에는 부드럽고 고운 털과 풀줄기로 마무리 했다.

설계에서 시공, 마감까지 자신의 능력으로 멋진 집을 지어낸 새들을
왜 사람들은 머리가 나쁜 동물이라고 여기는가?

또 하나, 알을 낳고, 알을 품어, 알을 깨고 나오게 도와주고,
그 새끼를 길러 날게 하는 정성스런 '부모의 정' 도 생각해 보시옵시다. 🈁

초롱꽃

올해도 잊지 않고
꽃등 들고 서 있네요.

행여 멀리만 바라볼까
발아래 비추고 있네요.

가시는 걸음걸음
초롱초롱 빛나시라.

꺾인 십이월 환한 날
꽃등 밝혀 서 있네요.

오월 첫 날

오월 첫 날이 열렸네요.

어린이날, 어버이날, 스승의 날
부처님 오신날!

사랑하고 존경하며 살아야 하는
가정의 달이랍니다.

한 송이 꽃도
줄기와 잎과 뿌리가 피워내듯

이웃도 가족도 한 몸임을
깨닫는 오월이면
좋겠습니다. 🟦

두 손 모아 합장

불전佛前에 두 손 모아
합장하는 것은

좋은 사람과 나쁜 사람을
구별하지 않으려 함이요,

부유한 이나 가난한 이를
차별하지 않으려 함이요,

권력이 있는 자나 없는 자를 대함에
비굴하거나 업신여기지 않으려 함이요,

불전에 합장하고
절을 올리는 것은

모든 임들의 본래 성품을
공경하고 존중하려 함입니다.

만지금

땅을 금빛으로 덮는다 하여
만지금滿地金이라 불리는 민들레.

열었던 꽃잎을 밤이면 모두 닫는
절개節槪의 아름다움을 지니고 있으며

씨앗을 품어 다 영글게 한 뒤에는
날개를 돋게 하여 날릴 줄 아는
진화된 꽃.

이 땅에 '금빛 진리' 전하려
오직 태양을 향하는
일편단심 노란 민들레여! 🌼

길목

봄이 오는 길목에
잔설 아직 남아 있는

낙엽을 밟습니다.
햇살도 밟습니다.
새소리도 밟습니다.
그리움도 밟습니다.
묵은 고요도 밟습니다.

요기로 봄이 옵니다.
강아지 꽁지 흔들듯
봄은 그렇게 옵니다. 🔖

도와 덕

목이
뚜렷이 곧으니
세상의 사표요,

원 안에 화목하니
이상 현실 조화요.

욕망은 거뒀는가?
색깔 또한 튀지 않고

받침이 도타우니
도와 덕
알아 뵈네! 📖

그리고 싶네!

옛 여인들은
창포를 삶아
머리를 감았다지만

창포 꽃봉오리는
한 자루 붓이네요.

그대여!
오월의 하늘 한 장
제게 주시면

훨훨 그네 타는
그림 한 점
그리고 싶네! 🌸

혹여 그대는

우리 봄날 피운 꽃
차마 놓지 못하는
예쁜 꽃술

혹여 그대는
진달래꽃의 꽃술 맘
아시나요?

핀 꽃은 진다는 것
모를 리 없는 꽃이

꽃 져야 열매 익는 것
모를 리 없는 꽃이

우리 봄날 피운 꽃
차마 놓지 못하는
예쁜 꽃술 맘.

달빛사랑

날씨야 춥지도 덥지도 않은,
그야말로 청춘青春

밤은 깊어 가는데
달빛은 나뭇잎 위에서
은빛으로 부서집디다.

등 푸른 뻐꾸기는 어쩌라고
홀딱벗고 하하하호
허공에 짖어대며
이 산 저 산을 오고 갑디다.

쪽쪽쪽쪽 울어대는
이름 모를 야조夜鳥는
벽계의 물처럼
돌 쪼는 소리만 냅디다.

밤새의 울음에도
맘 쉬어지는 까닭은
달빛사랑 받고 있는
홍복임을 알았습니다. 🔲

오늘은

오늘은 부처님 오신 날입니다.

도량에는
주렁주렁 이야기 주머니 달고
금낭화도 피었습니다.

금낭화 뒤로는
항아리가 두렁두렁 모여 있습니다.

두렁두렁 항아리 속에는
톡톡 튀는 콩은 물론이요,
화락화락 맵던 고추가
삭고도 익어
신령스런 장이 되어갑니다.

제 맛을 살린 채 익어가는 까닭은
세상을 돌고 돌아 바다로 돌아간
소금과의 만남 때문입니다.

만남 때문이라 말하지만
그전에 이미!

몸뚱이 으깨지어 무상을 증득하였고
옹기 안에 좌정하여 부동의 깨우침 있었기에
고유성품 잃지 않고 깊은 맛을 내나 봅니다.

오늘은 부처님 오신 날!
우리 또한 장독의 장처럼 익어지길
발원합니다. 🔲

금낭화

향기와 꿀이 있어야
손孫 끊이지 않고

곱고도 예뻐야
사랑 받을 수 있고

흔들거리는 유연함 갖추어야
바람에 꺾이지 않고

빛 향해 정진해야
꽃 피어난대요!

원상

이월하고 열하루달
마조원상 그려들고
선문답을 하려는지
통방산을 비추일제

벽계원조 황벽나무
마른씨앗 매달고서
원상안에 걸어들려
걸음걸음 옮겨간다. 🔲

무형의 탑

거창한 원 없이
일순간 정성스레
쌓아놓은 탑

스러져도
다시
쌓으면 되는 탑

생긴 그대로
제 멋
살아있는 돌탑

그 아래
꽃 심어 놓은
예쁜 맘

정성의 손길은
마음에 쌓는
무형의 탑.

상相 없이

영웅의 삶들
폼 잡은 멋 속에
상相 없이 정신 차린
그 모습 제일이여

감히 따라 나섰다가

천하의 말씀과
노래 속에
은산철벽 뛰어넘는
그 경계 넘고 싶어

별 헤이는 밤
즐겨 산다오. 珍

모두가 나를 위해

알아차리는 만큼
내 세상이란 것
알았습니다.

꽃이 어여쁜 것도
새 소리가 고운 것도
안개가 아련히 피어오름도

바람결이 부드러운 것도
물소리가 맑은 것도
숲속의 상큼한 공기도

모두가 나를 위해
존재하는 것 알아차리면
정말 행복하지요. 🈵

무상세월

그리움이 무엇인지
번민이 무엇인지
슬픔이 무엇인지
알게 하였습니다.

오월의 바람이 시원한 줄 알았고
고요가 좋은 줄 알았고
꽃이 예쁜 줄도 알았습니다.

꽃에 색이 있듯
색깔 있는 사람도 보았고
바삐 지나쳤어도
잊혀지지 않는
장면도 있습니다.

세월은 무심하고
인생이 무상합니다.
그런 것이 삶이겠죠.

봄바람이 불어 설說하니
꽃은 피어 답答을 하네요. 🏵

참개구리여야

날 풀렸다고
봄 아니련만

그 날을 봄이라고 믿고
울어대던 산 개구리
알 낳아 죽이듯

깨침도 잘못 깨쳐
세월을 헛되이 하는 이
참으로 많네요.

봄을 몇 차례 맞이한
참개구리여야
봄을 알듯이

살피고 살펴 세밀히
정진할 일입니다. 🈸

이대로

깊은 바다는 고요하여 고금이 없고
높은 하늘은 맑아서 거래가 없다.
산에 핀 꽃이 예쁘게 말하는 것은
사바세계 이대로가 극락이란다!

深海寂寂無古今
天高清清無去來
山中開花眞說法
娑婆世界是極樂

싱그럽게

알아 왔던 대로
보지 말고
순수히 보며
순수함 나누라!

끊임없이 솟아나는
샘물처럼
꽃잎 스친 바람처럼
싱그럽게! 🈂

여름에서 가을로

무상

우거진 숲속에는 주인공이 늘 바뀌고 있습니다.
오늘은 이 꽃이 내일은 저 꽃이 늘 피고 집니다. 🟥

통방산 삼태봉 정상에

삼태봉 정상에 소나무 한 그루
한설寒雪 풍우風雨 벗이 있어 몸통 가지 다듬었고
해와 달[日月] 스승 모셔 푸른 빛 얻었는가
바람결에 간간히 솔향을 부벼 넣네. 翁

가치

스쳐 지나며 본 것과
자세히 살펴본 것에는
큰 차이가 있습니다.

그것이 사물이든
아니면 마음이든

볼수록 신비롭고
알수록 재미있고
쓸수록 가치 있습니다.

허물을 벗듯

세상은 한마당 성장의 무대인가.
아침 산책길에 연못가에서
물벌레 허물 벗은 모습 보았는데
스님 한 분이 열반에 드셨단다.

문상을 하고 스님들과 함께 지내는 동안
내내 생각되어지는 점,
충분히 속 자라면 허물을 벗듯
마음 또한 마찬가지겠지요. 📷

산길

산길을 걷습니다.

오르막도 내리막도
있다는 것을 알게 합니다.

산길을 걷습니다.

소나무는
소처럼 외길 걸어서 푸르다 하고

참나무는
참고 참아서 도토리 얻었다 하고

밤나무는
밤새워 정진하고 마음 열어
가시껍질 내려놨네.

산길을 걷습니다.
솔바람이 전해주는
오솔솔길 걷습니다. 🉑

세 연

피는 연, 준비하는 연, 핀 연
세 연이 물위에 함께 떠있다.

세 연이 모두 연이다.
어느 연만 따로 예쁜 연이 아니다.
현재라는 시간위에 떠있는 모습일 뿐

옳고 그르고 깊고 얕고
분별에 사로잡히면
본분 잃게 된다. 🏵

청산 위를 나는 흰 구름

단풍나무와 살구나무 사이에 평상이 있는데
오후엔 그늘이 좋아 그 위에서 즐겨 쉰다.

사방에서 들리는 것은 매미의 울음이요.
보이는 건 청산 위를 나는 흰 구름이다.

인적도 끊어져 더우면 물 끼얹어 더위 식히고
목이 마르면 시원히 흐르는 물 그냥 마신다.

과거 현재 미래 통털어 봐도
한 생각 쉬고 보면
이보다 좋은 곳 좋은 시간 어디 있으랴. 茶

통방산의 팔월 아침

통방산의 아침은 계절에 따라
새벽을 여는 주인공 바뀝니다.

가는 겨울엔 산개구리요,
봄에는 새들이 단연 주역이지만
요즘은 매미랍니다.

"오늘은 날이 더울 것입니다."
하고 알리듯 열열이 울어댑니다.

귀가 열리고 눈이 뜨이어
문 열고 밖으로 나가면

강아지들은 아주 반갑게 인사하여
온 가족이 산 능선 따라 걷습니다.

안개는 예불 마친 스님들처럼
각자의 처소로 소리 없이 돌아가고
풀꽃들 그제사 자기 옷 찾아 입는데

달맞이꽃은

행복함 감출 수 없는지

지나는 길손에게 미소 슬쩍 건넵니다.

고요

덜 깬 새벽의 고요는 고향입니다.

풍선을 부는 꽃

도라지꽃은 풍선을 불고 있어요.
화두 드는 사람이 의심을 품듯
오각을 닫고 내면을 키우는 거에요.

풍선을 불면 풍선이 커지듯
몽오리 커져가고
펑 터지듯 꽃잎이 터지면

우주를 담는 가슴이 열렸는가?
텅 빈 가슴 내보이고
이내 꽃잎 떨굽니다.

다시 뭐 하냐 묻지 마요.
뿌리를 살찌우고
씨방을 키우는 것이 도道라지요.

행복한 밥상

갈참나무 숲속에서
원추리싹 몇 잎 뜯고
흔한 쑥 몇 잎 뜯어다
된장 풀어 국 끓이고
현미 쌀에 검은콩 한줌 넣어
압력솥으로 밥을 하고
묵은 김치 곁들여
아침을 먹습니다.

조촐한 식사를
꼭꼭 씹어 맛있게 하고
나무마다 물오르는
봄 숲을 바라보니
무슨 살림 더 구하리오.

오늘도 여여한 날 되시옵소서. 🔳

계와 정과 혜

나무는
뿌리를 내려 당당하고

새는
날개를 갖추어 자유롭고

물은
모양을 버려 걸림 없다.

* 불법의 토양에 심지를 두고 지혜와 복으로 날개를 삼고 맑은 몸을 얻되 그조차 버릴지라.

늦여름밤의 오悟

요즘 밤엔

풀벌레 소리와 서늘한 바람이
산에 사는 기쁨을 준다.

오셨던 임들
다 내려가시고.

어둠이 깊어갈수록
풀 벌레 소리 곱게 들리운다.

어둠이나 밝음이
존재하는 것은 아니다.

어둠은 빛을 잃은 것이요
밝음은 빛을 얻은 것이다.

깨달음과 무명도
그와 같다.

깨달음이란 여여함이요.
무명이란 참 나를 잃음이다. 🈸

풀은

풀은 하늘을 향해 빛을 구하고
땅에 뿌리를 묻어 물을 구하여
꽃 피우듯

사람도 위로는 지혜를 구하고
아래로는 복을 심어야
행복이 피어난다. 🔖

지나는 손님

천둥 번개 내리치고
어둠이 닥친다 해도
잘 지어진 방안에 있다면
뭐 그리 두려움 있으랴.

눈과 비가 내리쳐도
따뜻하고 뽀송한 방에서 보면
그도 또한 낭만이 아니던가.

번뇌망상 우비고뇌도
그와 같은 것.
정신차린 마음에서 보면
그들도 한낱
문 밖을 지나는 손님일 뿐. 🏵

노력하고 또 하면

발레리나처럼
다리를 양 옆으로 벌려 보려고
7월 어느 날부터 시작했다.

구십도 정도 밖에 벌어지지 않던
뻣뻣했던 근육이
이제는 거의 다 벌어진다.

자신의 능력껏
지속적으로 노력하고 또 하면
언젠가는 성취하리라. 🀫

햇살

오늘은 오랜만에 햇살이 좋네요.
습기를 말리는 햇살처럼
내 그림자 말리는 하루였으면 좋겠습니다. 🐾

비적비적

축대 밑에 줄지어
지붕 처마까지 높이 올라
달덩이 같이 둥글고
핏빛처럼 붉은 접시꽃
철없이 피워대는
집앞을 지날 때

그 집 할아버지한테
차창 열고 인사 하려는데
할아버지 뭔가 할 말 있으신지
지팡이를 의지한 채
비적비적 다가와

"우리 아들이 차에 치어
어제 재로 뿌렸어
시님은 그냥 그렇게만 알어."
하시고는 뒤돌아서
비적비적 걸어가신다.

골골이 패인 주름살
눈동자의 색이 다 빠져
푸석해진 눈에
눈물 아니 보이시려

먼지 뒤집어 쓴 처마 밑
키 커다란 접시꽃대 옆을
비적비적 걸어가신다.

보는 법

큰 나무는
아래에서 볼수록
그 웅장함이 있으며

예쁜 꽃은
가까이 볼수록
그 아름다움이 더한다.

여름날

매미는 가슴으로 울어
울대를 키우고

반딧불이는 꽁무니에
발광체를 키웁니다.

사마귀는 앞발톱을
치켜들 때

메뚜기는 뒷다리
힘을 길러 멀리 튑니다.

나비가 나풀나풀
꽃을 피우면

벌들은 꽃 품을
깊숙이 파고드네요. 꿈

그래요

이슬방울 머금은 꽃봉오리
햇살을 받아 활짝 웃는 꽃,

그래요.
삶이 별거 있나요.
받을 줄 알고, 머금을 줄 알며
피울 줄 알고, 익힐 줄 알며
버릴 줄 알고, 쉴 줄 알면
되는 것. 🌺

꽃

붉으나
강하지 않고

흔들리나
중심 있고

예리하되
부드럽길

누가 봐도
그 빛일 때. 🅟

산꽃

빛의 아름다움이
일곱 햇살 받은
까닭이라면

맑고 깨끗함은
안개의 쓰다듬 받은
까닭이리라.

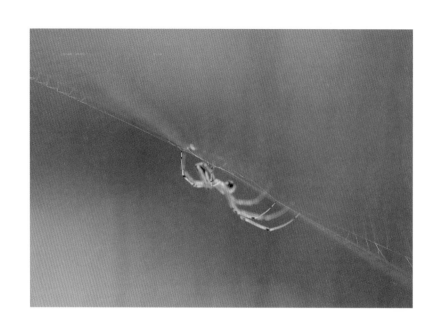

자아가 강하다

이 녀석은 자아가 강하다
떠돌이 삶은 싫단다.
우주의 중심은 자기란다.
정신 빠진 놈 걸리란다! 〈정〉

소박한 꽃이여

풍파 일으킬 일 없는
소박한 꽃이여!

멋진 영웅의 삶보다
아름답다 말하리.

망상, 좋겠다

깊은 골에 살으니 깊어지면 좋겠다.
높은 산에 살으니 고고하면 좋겠다.
흐르는 물 먹고 살으니 자연스러우면 좋겠다.

아름다운 꽃 보았으니 아름다워지면 좋겠다.
형형색색 하 많으니 인정할 줄 알면 좋겠다.
생명들의 노래 들으니 즐거운 맘이면 좋겠다.

맑은 하늘 아래 살아가니 텅 빈 듯 살아보면 좋겠다.
생멸하는 구름 바라보니 집착이 없었으면 좋겠다.
해와 달을 보았으니 멀지도 가깝지도 않은 것이 좋겠다. 🈂

잠이나 잘까

풀끝에 앉아
사방을 볼 수 있는
눈 갖추었으며

가볍게
자신의 몸을 띄울 수 있는
날개(자유)를 갖추었으니

낮잠이나 잘까?
잠자리. 🏯

허허 서서 웃는 꽃

망초가 꽃 피우니
나비가 찾아왔습니다.

망초ㄷ뚜라는 오명에
기죽지 않고

해마다 소박한 꽃
피우는 망초

꺾으면 쉬 꺾이고
뽑아도 쉬 뽑히는

미움도 집착도
버린 듯

토끼야 돼지야
소야 사람아

드시려면 드시라고
허허 서서 웃는 꽃. 🔖

저녁 일곱시 반

산그림자 토끼몰이 하듯
동쪽 산을 올라갈 제

고추잠자리 떼를 지어
오락가락 춤을 춘다.

죽은깨 투성이 나리꽃
활짝 웃어
천진미소 보이고

별꽃 도라지 봉숭아
꽃잔치를 열었는데

서쪽 하늘 바라보니
융단 깔아
해님을 모셔간다. 🔲

물속의 꽃

물속의 꽃 감상할 수는 있습니다.
탐착하지 마소서 빠질 수 있습니다.

과거 혹은 미래에 대한 생각들
물속의 꽃과 같은 것입니다.

분명히 보이고 예뻐 보일지라도
그것은 물 속 그림자일 뿐입니다.

물속의 꽃 감상할 수는 있습니다.
탐착하지 마소서 빠질 수 있습니다. 🅟

번쩍 깨닫고

유유자적 흐르는 구름도
욕심이 따라 붙어
큰 산 넘으려면
충돌 생기나 봅니다.
크르릉 크르릉…

이름이 통방산이언만
크릉 크릉 싸우다
번쩍 깨닫고 나서
하늘 뚫리는 비 내립니다. 🏯

없어도

축복 없이 태어나도
예쁘게 피어 살고
애도하는 이 없어도
극락으로 가는 꽃.

파란 의자 두 개

요즘 함께 살고 있는 스님이 오신 뒤
파란 의자 두 개 나란히 놓여 있다.

어느 날은 수돗가 물푸레나무 아래
어느 날은 산그늘지는 도라지꽃 앞에

아침 공양을 하러 오두막으로 가는데
다시 파란 의자가 눈에 들어온다.

찌개를 끓이다 말고 사진을 찍어두고
식사를 하면서 스님에게 물어 보았다.
왜 의자 둘을 이리저리 옮겨 놓느냐고.

혹 누구라도 잠시 쉬어 가실 때
가장 멋진 자리였으면 좋겠단다.
이런 스님과 함께 사니 참 좋다.

푹 익은 김치에
아무렇게나 썰어 넣은 두부찌개
볶음멸치 풋고추 몇 개와
현미밥을 맛있게 먹다가

궁금해서 다시 또 물어 보았다.

누군가 그 의자에 앉은 적이 있더냐고.
아직은 아무도 없었다고 말씀하신다.
실은 어제도 나는 한쪽 의자에 앉아 봤었다.

파란 의자에는 어젯밤 내린 빗물이 고여 있다.

재능 많은 거미

거미의 생활을 봅니다.
벽면과 안테나를 이용하여
공중에 그물마당을
만들어 놓았습니다.

바람이 불면 함께 흔들리어
큰 지진이 나도
끄떡없어 보입니다.

거미는 숨어서
앞발 두 개로 이상 유무를
감지하고 있습니다.

무엇인가 걸리면
즉각 반응하며 살아감이
참으로 민첩함을 봅니다.

집은 언제나 수리가능하며
자신의 집을 짓는 끈적이 실은
똥꾸쪽에서 뽑아내니
기술도 능력도 참 좋습니다. 🈴

태고부터

앞마당을 둘러봅니다.
아직 푸른 은행잎에
조금 멀리 보이는 금국
다가서니 미소 짓고

풀벌레 소리 매미소리
그제 내린 비가
도랑물과 힘 합쳐
우릉우릉 음을 내니

먼 산엔 산안개가
너울너울 지나가고
뭉게뭉게 뭉치려다
흐실흐실 흩어지네!

버릴 것도 취할 것도
없는 바가 귀하다고
매미는 태고부터 맴 맴 맴.

가을에서 겨울로

9월 1일

새달의 첫날
새로이 핀 꽃은
풀벌레 울음에 귀 열린 꽃

인터뷰 마이크처럼
길게 뻗어 말씀 놓치지 않는 꽃

구월의 꽉 찬 노래 들려 달라고
입술 적셔 말 하는 물봉선. 🏶

가을 연못

가을 연못엔 모두 가라앉는다.

한련화

문명 저편에 사는 원시부족을 보면서
현대 문명 속에 사는 우리보다
그들의 삶이 훨씬 화기애애함을 보았습니다.

우리는 문명을 만들고 문명에 갇힌 꼴이 되었고
무지로부터 벗어나려는 교육은
오히려 앎에 갇혀버리게도 합니다.

도량 한구석에 피고 지는 한련화가
지구 저편 어느 곳에 살아가는 원시부족처럼
이곳에 이렇게 피어 있어 감사함을 느끼게 합니다. 🌸

소식이여

영축산주 들어 보인
한 송이 꽃, 첫 소식이여!

이 소식은 백천만겁 만나오기
어려운 인연이라

가섭의 미소가 아니었으면
어찌 감히 맡았을꼬.

사연 있는 무량향無量香을
금풍金風에 적시어 날리노라. 🔳

뿌리가 튼튼

바닥에 딱 붙어
영역을 넓힌 이 꽃은
분명 뿌리가 튼튼하겠지요.

바닥에 앉아
하심으로 살아가니
바람에 흔들림 없을 것이요

잎은 욕심없이 얇으니
웬만한 추위에 견딜 만하고

뿌리가 깊으니 때가 되면
번성할 것입니다.

수행자처럼

꽃 피우는 것은
씨앗 하나 얻기 위함이고

활짝 피웠던 꽃 떨구고
다시 꽁꽁 오므렸던 것은,

오직 한 알의 씨앗을
키우기 위해서였나 봅니다.

새까만 열매 다 익혀냈는지
활짝 내어 보이네요.

마치 화두로
깨달음 얻은 수행자처럼. 🏵

마음 한켠

마당 한켠에 작은 웅덩이를 파 놓았습니다.
물은 그곳에 모였다가 자연스레 흘러갑디다.

이 작은 웅덩이를 우리는 통천지通天池라 부르지요.
하늘과 통하는 못에는 수초도 심었습니다.
그들은 참 잘도 자라 꽃 피고 집디다.

작은 못이지만 품고 있는 것은 참 많아요.
낮에는 태양을 밤에는 별을 품기도 합디다.

봄이면 올챙이와 많은 수중생물이 사는가 하면
날아오는 오리도 만족을 얻었는지 다시 오곤 합디다.

인정이 메마르고 삶이 팍팍하다 하더라도
마음 한켠 작은 웅덩이 파고 살았으면
하는 생각에 적어봅니다. 🈳

물기 [객기]

푸른 물기 빠져

꽃이 되는

단풍을 바라봅니다.

바보 나무인가 봅니다

이곳 통방산 오두막 앞
은행나무는 꽃도 피우지 못하는
바보 나무인가 봅니다.

고마움이 크고 커도
표현 못하는
이 산주山住의 맘처럼

몇 해를 보았어도
열매를 맺지 않네요.

오시었으면 가셔야 합니다

산중 오두막에 살면서
길 둘 만들어 갑니다.

하나는 오시는 길이요
하나는 가시는 길입니다.

오시는 길도 가시는 길도
옆길로 들어서면 안 됩니다.

와보셔야 할 곳은 오두막
가보셔야 할 곳은 망명당

오셔야 할 오두막은
현재 여기를 알리려 함이요

가셔야 할 망명당은
망념이 사라진 적정처를 말합니다. 🌫

밤알 떨어지는 소리에

밤알 떨어지는 소리에
덜커덩 문 열어보니
턱 앞까지 안개 가득합니다.

차별이 있으리오만

모양이 없어
낮게 흐르는 물이
어찌 계절에
차별이 있으리오만

여름날 햇빛
표면에서 놀고
가을 달빛은
바닥에 내려 앉는다. 🔖

감춰두고 싶은 풍경

가을걷이로 토란대를 베어다
껍질을 벗기고 있는 모습이 정겹습니다.
도란도란 이야기꽃도 피었습니다.

도란도란 피어난 이야기꽃
구절구절 구절초처럼 정겨워
높은 하늘 속에 감춰두고 싶은 풍경입니다. 🅟

산초와 제비꽃

산중 오두막에 사니
문밖을 나서면
그대로 산길이지요.

오늘은 산초의 열매와
제비꽃을 보았습니다.

산초는 머리위에 있고
제비꽃은 발아래 있습니다.

그들은 위치가 달라
올려보고 굽혀봐야
그 가치를 알게 하지요.

사람을 대함에 있어서도
허리를 굽혀 보면 아름답고
올려보면 우러러 보이지요. 🈶

메시지

"생은 사랑이요 정이다."

산수유

노란 꽃 피웠다가
꽃샘추위 경험한
산수유

여름 가을
잘 살고
첫눈을 맞고도

붉은 유혹으로
매달린 까닭은

빨간 정 빼앗는
목마름 아니라

약이 되어
피 속을 흐르고픈
꿈이래요. 🔳

충분히

가을은
햇볕만으로도
충분히 좋은 계절입니다. 🅟

산

산이야 산이지요.
이름을 붙이고
의미를 주는 것은
사람의 정 때문일게요.

산이야 산이지요.
구름이 흐르고
햇살이 머묾도
산이야 상관없는 일

산이야
그저 산이지요.

가을편지

파란 하늘은 편지지요
흐르는 구름은 사연이니
황벽나무 잎사귀로 수를 놓아
지는 낙조로 낙관 찍어
달밤 아래로 띄우옵니다.

느껴보서요

아침에 뜨는 해는
잠시 느껴보기만 해도
큰 감동을 줍니다.

비록 엽서나 달력에서 보는
멋진 그림은 아닐지라도
내가 있어 뜨는 해가 있다고
느껴 보서요.

그리고 저 태양이 나를 위해서
오늘도 어기지 않고
떠올라 주었다고
느껴보서요.

풍경

아침 안개가
고요와 우윳빛의
달콤함으로

코스모스도
벌어진 밤송이도
잠재워 놓으면

밤알 형제 졸다가
투두둑 떨어지고

졸던 아침해는
놀라
장독대 바라봅니다. 🎑

얽매이지 않는

아침 이슬에
얽히고설킨 거미줄
드러나 잘 보입니다.

우리의 삶도
보이건 안 보이건
무엇엔가 얽혀있게
마련입니다.

지혜의 눈 갖추고
거미줄에 얽매이지 않는
차분함 있으면 좋겠습니다. 🔳

만남

생은 만남이다.
끊임없는 만남이다.

간격 없는 만남
거기에 행복이 있다.

가을 햇살
꽃잎에 내려앉듯이.

큰 복 한껏 받았음이네요

사는 곳에 물맛 좋고
숨 쉬는 공기 상큼하다.

바라뵈는 풍경도 좋고
만나는 사람사람 반가웁다.

세기의 문명도 크게 받아
한껏 즐기고 있사오니

백억만년 억겁 중에
큰 복 한껏 받았음이네요!

이끼시여

벽계襞溪 구곡 피어나는
물안개의 속삭임에 자라고

통방通方 보궁 망명당
솔바람에 얼굴 다듬는 이끼.

햇살조차 탐하지 아니하여
음지에서도 아름다움
잃지 않는 이끼여.

산중에 눌러 앉은 바위가 좋아
옷이라도 되어 주려
사시사철 푸른 이끼여. 🈁

다시, 겨울에서 봄으로

받듦의 미학

탑은 받듦의 미학입니다.
아무리 멋진 돌이라도
받쳐주는 작은 돌 없으면
아무것도 아닌 것처럼

구르는 돌도 정성껏 올려놓으니
부처님 생각하는 탑이 되었네요.

고귀한 의견도 받쳐주는 이 없다면
그 뜻이 펼쳐지기 어렵겠지요.

탑은 받듦의 미학입니다.
그러나, 받들어 아무리 높은 탑 쌓는다 해도
이미 다 이루어져 있음을 앎만은 못하겠지요. 卍

해우소 앞 잣나무

행복을 구한다고 뛰어다녀도
햇살 한 줌 잡지 못하고

팔만사천 무진법문 다 듣고도
그림자 없는 주인공 보지 못한다.

해우소 앞 잣나무
그늘 남기네.

좌복은 말해 줍니다

걸음걸음에
소리와 흔적이 남는 것을
깨우쳐 주는 눈길을 걸어
망명당을 가 봅니다.

가며 보니
벽계를 타고 올라온 발자국 있는 것이
누군가 다녀가셨네요.

임들의 발자국은
일주암을 감상한 흔적 있고

망명당 안의
좌복은 말해 줍니다.

"고요한 솔바람 소리 듣고 가셨노라"고. 卍

푸른 하늘 터트린다

일주암一柱巖은
지나는 달과
무언의 빛 주고받고

벽계천檗溪川은
속삭이는 밀어로
바위를 다듬는다.

초겨울 하늘은
푸르름 자랑하니

동녘의 뜨는 해
푸른 하늘 터뜨린다. 🌼

눈 내린 밤이면 눈길 걸어 봅니다

눈 내린 밤이면 눈길 걸어 봅니다.

코에 닿는 공기는
차가워 신선하고
귀는 뽀드득 소리 듣느라 거기 있다.

눈은 밤이라서
멀리 못 가고
본다 해봐야 별이요 달이다.

오래 오래 걸으면
찬 바람결에
코도 얼고 눈도 얼고
입마저 얼어붙어
말하기 어려울 즈음

둘러 봐도 사람 없어
입 떼기 멋적을 제
이~!
마음 꽁꽁 얼어
속 훤히 보인다.

이~!
통방보궁 망명당에 걸어 두면 어떨까
망명당亡命堂 앞 소나무에게 물어보지만
솔잎 하나 떨굴 뿐!

아침 햇살 번지는 문살 바라보면서
엊저녁 걸었던 밤길
자판 두드려 전합니다.
순금은 두드리면 빛 더하여지고
자판 두드리니 글 되네요.

성장

성장하는 것은
자신의 틀을 깨야 한다.

속을 채우면
겉은 저절로 터진다.

눈길

눈 내린 도로만이 길은 아니다.
사람 사이에도 길이 있다.

말길이 있고, 눈길이 있으며
손길이 있다.

정!
그것이 길이 된다.

사람사람이 사랑스럽고 존경스럽습니다

오두막에 사노라면 꼭 해야 할 일 중 하나가 땔감준비랍니다.
눈이 내리면 어찌 해보기가 어렵기 때문이지요.
헌데 이번에 나무 들이는 일을 놓쳐버렸답니다.

오늘에서야 나뭇짐을 들이고 불을 때봅니다.
이렇게 오두막생활은 나무 몇 짐 들여 놓으면 부러울 것이 없는 듯 느껴지지요.
아궁이에 불 들어가면 가마솥엔 물 끓고 굴뚝에 연기 피어오르고
방은 따뜻해지고 오두막이 다시 살아나 기쁨이 따라옵니다.
장작불 타고난 뒤 재에다 고구마 몇 개 묻었다가
꺼내 먹으면 끼니도 거뜬히 해결되네요.

눈 쌓인 숲 속에서 나뭇짐을 지고 내려오다가
문득 옛 수행자들 생각이 납니다.
오두막 토굴에서 수행 정진하다가 떠나실 때는
나무를 해서 헛간에 가득 재여 놓고 떠나신다고.
이렇게 살아보기 전에는 그런 말씀들이 와 닿지 않았는데
이제는 감동으로 다가옵니다.
언제쯤이나 그렇게 남을 배려하는 것이
마음만 아니라 행으로 배어나올까?

산중오두막에 살아보니 훌륭한 분들을 뵙게 되었습니다.
만나는 사람사람이 사랑스럽고 존경스럽습니다.

그 분들처럼, 알지 못하는 사람 또는 뒷사람들에게도
큰 자비심으로 다가가길 나뭇짐을 부리며 희망해 봅니다.

햇살만 숙연히 머물다 간

겨울 산중은 고요하답니다.
큰 산 깊은 계곡일수록 더 고요하지요.
해질 무렵에는 해 넘어가는
그림자 소리도 들릴 것처럼.

가라앉은 고요 속에도
경칩이 지나는 오늘아침
새들의 지저귐이 점점 많아지네요.

봄이 오는 소리에 임 오실까
나뭇가지도 수줍음 타는
누이 볼처럼 붉어오네요.

통천이와 신통이는 풀어주자마자 나가서
저녁 때가 되어도 돌아오질 않네요.

따스한 봄바람에 취하여
정담 나눌 누군가 기다려지고
햇살만 숙연肅然히 머물다 간
비어 있는 나무 의자
다시 한 번 둘러봅니다. 🈺

설날

세월을 헛되이 보낸 것이
서러워 설날인가?

새해를 맞이하여
설레어 설날인가?

설렘도 다독이고
설움도 벗어놓고
설ㅛ날이라고
설날이라고

찬란한 새 햇살이
문에서 북을 치네요. 🌾

임들이 계신 까닭입니다

자신의 위치를 지키며 사는 사람이
하늘을 수놓는 별이라면

현자의 지혜나 공덕을 받아 빛냄은
은은한 달이요

타인을 위해 자신의 참 지혜를 씀은
따스한 태양이라.

우리가 살고 있는 지구를 보면
푸른 별이라 하지요.

지구별이 이렇게 푸르게 빛남은
별과 달, 태양으로 빛을 발하는
임들이 계신 까닭입니다. 🏵

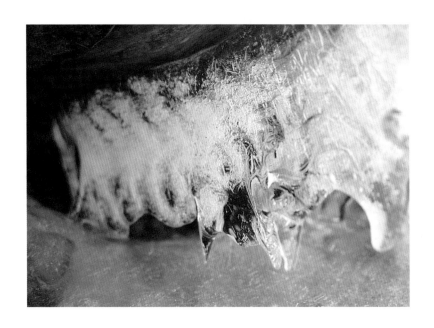

벽계碧溪의 법수

흐르는 물
태평을 설하시네.

추우면 얼음 되고
녹아지면 흐르다가
바다에서 놀리라.

바다에 못 가면 어떠하리.
목 마른자 달래주고
놀이터 되어주다

하늘이면 어떠하고
땅이면 어떠냐고.

흐르는 물
태평을 설하시네.

겨울 햇님

겨울 햇님은
더 자비로운가 보다.

방안 깊숙이 들어와
물건마다 그림자
알려준다. 🔖

잃어버린 탓인지

애교를 떨며
장난치는 강아지와
동희同喜 못하고
굳어지는 것은

기쁜 일이 따로 있을 줄 아는
어리석음인지

사랑하는 마음
잃어버린 탓인지

그림자도 발자국도
다시 한 번 살펴봅니다.

망명당

망상을 떨치는
명상법 중에 참선이
당연히 최고래요.

망상은 원래 오고 가는 것
명료하게 정신만 차려보면
당당한 주인공 거기 있지 않나요?

망명당이야
명산 통방산에 있지요.
당장 와서 보시옵소서! 🏵

좌선이라 함은

좌선坐禪이라 함은
현실로부터 떠나려 하거나
외면하려 함이 아니니

다만 자성을 보아
내외 경계에 흔들리지 않음을
좌座라 하고

현실을 명명백백하게
실감실천 하는 것을
선禪이라 한다.

반드시 돌아옵니다

모든 것은 지나갑니다.
마치 오셨던 손님처럼

어렵고 힘든 일도
기쁘고 슬픈 일도
크고 작은 일들도
세월에 묻혀 지나 갑니다.

하지만 오셨던 손님도,
크고 작은 일들도,
대접하고 처리한 결과로
기억과 감정을 가지고
반드시 돌아옵니다. 🃏

잔설을 보며

지구를 말하지 않더라도
서울과 부산의 날씨가 다르듯이
같은 산이라도 남쪽과 북쪽이 다릅니다.

남향 언덕은 사나흘이면 다 녹는 눈이
북향의 이곳, 통방산 일주암은
눈 내린지 이십여 일이 넘었건만
잔설이 그대로입니다.

아마 사람의 마음도 그럴 것입니다.

따뜻한 기운을 많이 받는 사람에게는
혹여 서운한 감정이 생겼다 해도
금방 눈녹듯 녹을 일이겠지만

그렇지 못한 사람에게는
두고두고 서운한 감정이 쌓여 있을 수도 있으니
조심해야 한다는 생각을 해 봅니다. 🈁

운명

밟히고 채였을
돌멩이 하나를
꼭 끌어안고 있는
뿌리를 보았습니다.

서로 힘들다
말하지만

다시 보면 뿌리도
돌을 놓고는 살 수 없는
운명입니다. 📷

그대여

그대여!
무엇을 향하여
마음 다할 것인가요?

일어난 생각 하나
고요히
거둘 줄 알고

고요한 가운데
다양하게
생각할 줄 알며

좋은 생각을
힘 있게
써 먹을 줄 안다면

멋진 사람이 아닐까요?

축원합니다

황벽나무 가지위로 보이는 하늘이
오늘은 특별히 깨끗 파랗습니다.

황벽스님의 몽둥이를 맞은 임제스님
답답한 마음 풀리던 날이 이랬을까요?
하늘엔 한 점의 티도 없네요.

우리 모두 순청의 하늘처럼 밝아
좋은 날 되시기를 축원합니다.

인생의 돌탑

이곳의 하늘에는 구름이 가득합니다.
이런 날은 기분도 가라앉기 쉽지요.

마주 하는 임 계시면
기분 좋은 말 한마디 밝은 인사로
따듯한 차 한 잔 권하면 어떨까요.

그것이!
인생의 돌탑을 쌓는 역사가 됩니다.

저는 강아지라도 불러
잠시 망명당을 돌까 합니다. 🀫

고드름은 음표다

깊은 산속 바위 밑
열린 고드름은
새들의 음표요

베란다 벽에
달린 고드름은
피아노 음표요

만선滿船 어부
수염 끝엔
기쁨의 음표요

눈길 달린 차
바퀴 위엔
인생의 음표요

구들방 추녀 끝엔
꿈 그리운
무지개 음표다. 🔖

한계령

한계라는
한계령 올라서야
더 밝은 달 볼 수 있고

한계라는
한계령 넘어서야
넓은 바다가 있다.

그래요.
한계를 올라봐야
참 자신을 만나고

올랐던 뜬 마음도
내려놓아야
참 자유 있지요. 🔳

떠나가면

낙엽을 떨구던
바람조차

남쪽으로
떠나가면

밤은
점점 길어지고

띄엄띄엄 우는
부엉이 소리에

문득

어둔 하늘
길을 열어

조각달은 별과 함께
서방을 향해 간다. 🈂

그저

이런 저런 생각 다 쉬고

그저

산 능선 넘는 바람소리나
들어 봅니다. 🔲

장작

형상을 태워
불꽃이 되더니
따뜻함을 남기고

흔적은
재가 되어
거름이 되고

영혼은
자유를 얻었는지
하늘로 오르네요.

즐겁게 합니다

불을 때 보면
장작과 잔가지가
따로따로 좋다는 것을
알게 합니다.

잔가지는 불길을
살리는데 좋고
장작은 오래오래
불타서 좋습니다.

덜 마른 나무는
잘 타지 않아
뜨겁게 불길 한 번
내지 못하고

잘 마른 나무는
속까지 뻘겋게 타올라
보는 마음도
즐겁게 합니다.

힘차고 세밀하게

푸른 하늘을 향해
힘차고 세밀하게 뻗은
나뭇가지를 봅니다.

새로운 각오로 시작한 일들도
저 나무처럼 힘차고 세밀하게
정진 있으시길 빕니다.

요즘에야 알게 되었습니다

누군가에게 화가 나거나
아주 많이 미안하거나
안 되는 일이 있으면
합리적으로 잘 풀어보지 못하고
이불을 뒤집어쓰고 아무 생각도 하기 싫어하는
바보 같은 행동을 합니다.

이불을 덮어쓰고 가슴 아파하면 끝나는 줄 알았지요.
상대야 어찌되든 말든 나 몰라라 하면서 말이지요.

그것은 어렸을 때
어머니와 멀리 떨어져 살면서 오셨다가 가실 때,
특히 새벽에,
아픈 마음 어떻게 할 수 없어 이불을 덮어쓰고 눈물 흘리던
상처의 흔적이란 것을 알게 되었습니다.

오랜 세월동안
그렇게 밖에 할 수 없었던 상황들은
성격에 커다란 장애로 남아 있음을
요즘에야 알게 되었습니다. 🔳

님! 따라 나선 길

님! 따라 나선 길
다리 위를 지날 제
다리는 흐르는데
물은 흐르지 않아요.

'無' 하나 배꼽 아래에 붙이고
찬찬히 살펴 날아가는 새
발자국도 그려요.

천천히 걸으며
흐르는 물소리도 밟아 끊어봅니다.

날아가는 비행기도 멈춰 보니
동산은 물위를 걸어가네요.

이쯤에, 천진동자
외짝 손 소리에 용기를 얻어

과거 현재 미래를 공겁밖에 던져불고
릴리랄라 랄라릴리 무문관을 투과할라! 🈁

이 아니 묘할 손가

쌓였던 눈도 이편은 다 녹았건만
능선 너머는 녹지 못했는지
하얀 선이 살짝 보입니다.

동장군 물러가라! 봄 처녀 오시온다!
계곡물은 음률 높여 노래를 하고
사리 걸친 운무는 선무를 추웁니다.

봄이 오는 소식이야
예나 지금이나 변함이 없으니
이 아니 묘할 손가?

벌거벗은 나무 물오르는 소식일세! 🏯

눈썹을 간지르는 소리

먼 산을 바라봅니다.
들리는 소리는 바람소리여서
그 소리 잠시 들어봅니다.

의성어로는 표현키 어려운
눈썹을 간지르는 소리!

계절이 바뀌는 시점이면

계절이 바뀌는 시점이면
여지없이 바람이 붑니다.

나무들은 웃자란 가지
잘리는 아픔도 있고

멀리로 자기의 씨앗을
날려 보내기도 하지요.

계절이 바뀌는 시점이면
여지없이 바람이 붑니다.

푹 쉬겠습니다

밤새 안녕이라더니
눈이 이렇게 많이 내렸네요.

푹 쌓인 눈 속에서
뭐 하겠어요

떠돌다 지쳐
새하얘진 눈처럼

눈밭을 펄펄 뛰며
좋아하는 강아지처럼

실컷 돌다가 지치면
쌓인 눈처럼

푹 쉬겠습니다.

봄이 옵니다

풀렸다 추웠다 풀렸다 추워
겨울은 그렇게 왔고
추웠다 풀렸다 추웠다 풀려
봄이 옵니다.

통방산 오두막 소식

날 사랑하여요

2012년 2월 10일 1판 1쇄 발행
2012년 3월 19일 1판 2쇄 발행

글·사진 정곡
펴낸이 김인현
펴낸곳 종이거울
영업국장 김희중
디자인 조완철
인쇄 금강인쇄㈜

등록 2002년 9월 23일(제19-61호)
주소 경기도 안성시 죽산면 용설리 1178-1
서울사무소 서울시 종로구 삼일대로 30길 21 (낙원동 58-1)
종로오피스텔 1015호

전화 02-419-8704 팩스 02-336-8701
홈페이지 www.dopiansa.com
E-mail dopiansa@hanmail.net

ⓒ 정곡, 2012

ISBN 978-89-90562-38-8 03810